LÉON BARRACAND

ODE

A

LAMARTINE

Prix : 5o *centimes*

PARIS

ALPHONSE LEMERRE, ÉDITEUR

27-29, passage Choiseul, 27-29

M DCCC LXXXI

ODE

A

LAMARTINE

LÉON BARRACAND

ODE

A

LAMARTINE

PARIS

ALPHONSE LEMERRE, ÉDITEUR

27-29, passage Choiseul, 27-29

M DCCC LXXXI

LAMARTINE

ODE

I

« Poète, avoir séduit tout ce qui pense ou rêve ;
« Tribun, avoir dompté les fureurs de la Grève,
« Calmant, électrisant les âmes tour à tour ;
« Et, comme dans un songe éblouissant de gloire,
« Avec sa propre vie avoir mis dans l'histoire
        « Un feuillet de plus chaque jour !

« Avoir, quand tous souffraient d'une angoisse secrète
« Et de leur désir vague attendaient l'interprète,
« Vu toutes les douleurs se lever par essaim
« Et s'en venir chercher, par vos accords bercées,
« Comme un vol palpitant de colombes blessées,
        « Un refuge dans votre sein !

« Avoir, cœur débordant d'harmonieuses fièvres

« Et du charbon divin gardant l'empreinte aux lèvres,

« Chanté, — subi, mon Dieu ! tous les deuils d'ici-bas !

« Avoir été celui que tout un peuple écoute ;

« Celui, lorsqu'il s'arrête, incertain sur sa route,

  « Qu'il choisit pour guider ses pas !

« Avoir enfin, avoir dans ces heures fatales

« Où les trônes, au sein des vieilles capitales,

« S'écroulent aux échos prolongés du canon,

« Entendu mille voix, en gage d'espérance,

« Des remparts de Paris aux deux bouts de la France,

  « Faire retentir votre nom !

« Puis, un jour, de l'oubli sentir descendre l'ombre ;

« Voir, sous les noms nouveaux et sous les faits sans nombre,

« Votre image se perdre en l'éternel remous ;

« Et, la paix succédant à la guerre civile,

« Se dire que là-bas, dans l'inconstante ville,

  « Nul cœur ne songe plus à vous ! »

II

C'est ainsi qu'il rêvait, le soir, quand sa fenêtre
S'ouvrait dans l'ombre fraîche aux brises de la nuit.
Le calme firmament rassérénait son être.
Passy, tout à l'entour, assoupissait son bruit.

Seule, quelque calèche au roulement sonore,
Attardée et suivant les dédales du Bois,
Avec ses yeux flambants, venait couper encore
Le silence et la nuit s'épanchant à la fois.

C'était l'heure où, levant ce beau front que l'étude
Sur l'œuvre inachevé penchait auparavant,
Il laissait un moment, prise de lassitude,
Se jouer sa pensée aux caresses du vent.

Car, hélas! tout le jour, pendant qu'insouciante
Et de son vain fracas importunant son seuil,
La foule avait passé, joyeuse et souriante,
Lui, seul, triste et pensif, replié dans son deuil,

Aux gaîtés du dehors ayant fermé sa porte,
Dans le travail austère il s'était confiné;
Sisyphe s'attachant au rocher qui l'emporte,
Et reprenant sans fin son labeur obstiné!

Mais voici, — sous ce toit dont il n'était que l'hôte,
Où pour un jour encore il trouvait un abri, —
Qu'il pouvait redresser enfin sa taille haute
Et lever ses regards vers l'azur assombri.

La lune, découpant sa noble silhouette,
Montrait son front hautain, son œil dominateur,
Et cette bouche aussi gardant, quoique muette,
Comme un frémissement du souffle inspirateur.

Car il avait, malgré la vieillesse importune,
Conservé la raideur et toutes les fiertés
Auxquelles on connaît ceux qui de la fortune
Refusent d'accepter les coups immérités.

Mais, si résolument que sa claire paupière
Des mondes de l'éther sondât l'immensité,
Souvent, durant ces nuits, une pensée amère
Avait fait de ses yeux mollir la fixité.

Bien souvent une larme, au bord des cils tremblante,
De sa joue à ses mains, furtive, avait roulé,
Ainsi qu'on voit, l'hiver, une sève sanglante
S'échapper en long pleur d'un arbre mutilé.

Quel plus âpre chagrin, en lui plantant sa serre,
Faisait qu'ainsi son cœur s'était mal défendu?
Était-ce le public bafouant sa misère?
L'héritage natal morcelé, puis vendu?

Était-ce la cité dont le lointain tumulte
Grondait à son oreille en rumeurs de défi,
Lui prodiguant l'affront, le mépris et l'insulte,
Comme si le dédain n'eût pas encor suffi?

Non, de la foule ingrate il n'avait rien à craindre;
Son sarcasme imbécile et son rire moqueur
Le harcelaient en vain, le visaient sans l'atteindre :
Hors de toute portée il avait mis son cœur !

Lorsque ce pleur soudain du fond de l'âme émue
Jaillissait à ses yeux et les venait noyer,
Comme jaillit du sein des tisons qu'on remue
Une vive étincelle endormie au foyer,

2

C'est qu'en ses souvenirs il avait dû descendre,
Réveiller des regrets dans l'ombre ensevelis ;
C'est que, des jours éteints en secouant la cendre,
Il avait d'un linceul dérangé quelques plis.

Oh ! qui saura jamais, dans la vapeur qui passe,
Quel fantôme évoqué du sépulcre profond,
Sur un rayon de lune en traversant l'espace,
Était venu jeter cette ombre sur son front !

Était-ce toi, l'enfant vive et demi-sauvage,
Son éternel remords et son premier amour,
O fleur qui de Sorrente embaumes le rivage,
Qu'il dut à ses destins sacrifier un jour ?

Était-ce toi, l'amante à sa gloire enchaînée,
Source de tant de pleurs mélodieux et doux,
Elvire, qui devais, par la mort moissonnée,
Manquer au bord du lac le prochain rendez-vous ?

Ou toi, — sa fille, hélas ! son plus charmant oracle, —
Bel ange qui laissas ton père inconsolé,
Qui, touchant avec lui la terre du miracle,
Avais ouvert ton aile et t'étais envolé ?

Mais qu'importe le nom parmi ces noms célèbres !
Il songeait à tous ceux qu'il avait vus mourir,
Et de ces visions qui rayaient les ténèbres,
Toutes rouvraient des pleurs qui n'avaient pu tarir.

Qui donc a blasphémé le génie et la gloire ?
Qui donc a dit des morts que les plus regrettés
Voyaient s'éteindre en nous leur deuil et leur mémoire
Sitôt que dans nos vers nous les avions chantés ?

Ah ! périssent les arts, si c'est là leur office !
Meure la poésie et son culte enchanteur,
Si des oublis de l'âme elle se fait complice !
Si, l'élégie écrite, on voit rire l'auteur !

Mais non ! nul n'a jamais à ces tristes usages
Prostitué les dons que Dieu lui dispensa,
Et si quelque grand cri doit traverser les âges,
Il n'a pas consolé le cœur qui le poussa !

N'aurais-tu pas brisé les cordes de ta lyre,
O toi, chantre inspiré des regrets et des pleurs,
Si l'on t'avait prédit qu'au feu de ton délire
Tu pourrais voir un jour se fondre tes douleurs ?

Mais tu savais trop bien que c'était impossible,
Et qu'immortaliser ceux qu'on pleure ici-bas,
Ce n'était pas un don pour te rendre insensible,
Mais peut-être un moyen de venger leur trépas.

Aussi, comme la mer qui vient battre la grève,
Sans cesse sur ses bords poussant de nouveaux flots,
L'écho de ta douleur se répète sans trêve ;
Les sanglots dans tes vers succèdent aux sanglots.

Tu n'as pas varié ton immense poème.
Plus d'un t'eût surpassé, plus habile ouvrier.
Quand ta lyre vibrait, c'était ton âme même
Que tu laissais gémir, soupirer et prier.

III

Certes ! ce siècle à son aurore
A vu, par un heureux destin,
Maints poètes au luth sonore
Surgir aux feux de son matin.
A l'heure où le soleil s'élance,
Et comme lasse de silence,
On aurait dit que cette fois
La nature, de cime en cime,
Voulait dans un concert sublime
Faire éclater toutes ses voix.

L'un, torrent déchaîné, se ruant à l'obstacle,
Noyant ses alentours, surpris d'un tel spectacle,
          De son fracas tumultueux,
Pétrissant dans ses eaux digues et citadelles,
Allait, poussant son cours vers des routes nouvelles,
          Indomptable et tempétueux.

L'autre, cascade éblouissante
Aux bords peuplés de mille oiseaux,
Pleurait d'une chute incessante
La nymphe infidèle à ses eaux.
L'autre, dans la sombre vallée,
Faisait, rafale désolée,
Retentir le cor de Roland.
L'autre, que Némésis oppresse,
Comme une foudre vengeresse
Détachait l'iambe brûlant.

Mais lui, c'était la voix magnifique entre toutes !
Immense réservoir fait de toutes les gouttes
Qui glissent des coteaux, des bois et des hauts lieux ;
C'était la mer sans fond, et l'océan sans bornes,
Calme, puissant, coupé de solitudes mornes,
Et dont l'horizon touche aux cieux !

C'était la basse solennelle
Qui dans les champs de l'infini
Exhalait sa plainte éternelle
Sous l'archet par les vents fourni ;

Et, comme des cordes vibrantes,
Les belles lames murmurantes,
Avec lenteur s'élargissant,
Portaient sur leurs larges épaules
Et promenaient jusques aux pôles
L'orchestre toujours bruissant.

La symphonie allait, enflant toutes ses voiles,
Mêlant, la nuit, son chant au concert des étoiles,
Jusqu'à l'heure où, sur le flot bleu,
Le soleil s'allumant comme un céleste phare,
Dans un hymne d'espoir l'éclatante fanfare
Montait, frémissante, vers Dieu !

IV

Ah ! si la mer, toujours limpide,
Du ciel réfléchissait l'azur !
Si l'homme, en sa course rapide,
Pouvait, dans un port calme et sûr,
Jusqu'au terme de l'existence,
Et sans craindre son inconstance,
Se bercer de songes heureux !...
Mais toute vie a ses naufrages ;
Tous les peuples ont leurs orages,
Leurs jours grondants et ténébreux.

Ce fut donc en un jour d'effroyable tempête,
Quand les vagues, dressant leur aboyante tête,
Ébranlaient ses parois avec un sourd travail,
Que du vaisseau, battu par l'ouragan farouche,
A l'homme dont le nom volait de bouche en bouche
On confia le gouvernail.

Hélas ! en ce douteux parage,
Plus d'un, pour s'être aventuré,
Avait vu, malgré son courage,
Son navire désemparé.
Il inspirait la confiance !
N'avait-il pas la clairvoyance
Des prophètes et des devins,
Et, si quelque révolte infâme
Levait à bord son oriflamme,
Le mot qui dompte les mutins ?

Inutiles efforts ! — Un soir, de la mer haute,
Un dernier coup de vent sur une aride côte
Le lança, brisé, pauvre et nu.
Mais lui, sur ce récif, au fort de sa détresse,
N'entendit pas du moins « la vague vengeresse
Lui jeter... » quelque nom connu !

V

Mais qu'importe à la multitude
Que, pilote toujours humain,
On ait fait sa constante étude
D'éviter tout sanglant chemin,
Et, pour tous s'oubliant soi-même,
Que du pouvoir, traite suprême,
A la rade où le flot s'endort,
Parmi tant d'armateurs avides,
On soit revenu les mains vides,
Pures de sang et pures d'or !

Quand la misère entra dans sa maison déserte,
Lui, dont la main jadis était sans cesse ouverte
Et semait sans compter ses dons sur tous les cœurs ;
Lui, dont la muse avait illustré la patrie,
Dans la foule, d'un vent d'égoïsme flétrie,
        N'éveilla que propos moqueurs.

« Si sa barque aujourd'hui chavire,

« C'est sa faute! allait-on criant.

« Fallait-il fréter un navire

« Pour voyager en Orient?

« De ces pêches miraculeuses

« Qu'on fait aux heures moins houleuses,

« Pourquoi gaspillait-il le gain?

« Ne pouvait-il, comme un autre homme,

« Vivre rangé, sage, économe,

« Épargner pour le lendemain?... »

Ah! c'est que tout se paye ici-bas, et la gloire!
Qu'elle sert elle-même à l'œuvre expiatoire
    Où tous mortels sont asservis!
C'est qu'il faut au limon toucher par quelque chose!
C'est que nul n'est ravi dans une apothéose
    De la terre aux sacrés parvis!

    Il faut à toute vie humaine
    Que quelque douloureux tribut
    Au niveau commun la ramène,
    Si haut qu'elle ait marqué son but.

Il faut, avant la récompense,
Que chaque destin se compense,
Dès aujourd'hui, dès ici-bas ;
Que toute fortune éclatante
Traîne dans l'oubli, dans l'attente
Ou dans l'exil ses derniers pas.

Il faut de ces retours qui vengent le vulgaire !
Que la foule ameutée au sommet du Calvaire,
Raillant et bafouant du geste et de la voix,
Vocifère devant la céleste agonie :
« Toi qui te disais Dieu, pour que nul ne le nie,
Descends maintenant de ta croix ! »

VI

A la fin pourtant tout s'efface :
Les passions parlent en vain,
L'avenir ne garde la trace
Que du sublime et du divin.
Ces hommes sont tels que des cimes
Pleines de trous noirs et d'abîmes,
Volcans éteints, marbrés de feu,
Qui, lorsque nos pas s'en éloignent,
Sous les grands cieux qu'elles rejoignent,
Se dressent, ceintes d'éther bleu.

O Lamartine, ainsi, loin du regard profane,
A chaque pas du temps, plus pur, plus diaphane,
Et sur l'horizon te dressant,
Tu resplendis, baigné d'une éternelle aurore !
Et tout ce qui de près blesse notre œil encore
S'en va chaque jour s'effaçant !

Déjà pour toi l'heure commence
De la justice et du bon droit ;
Notre applaudissement immense
Te replace au rang qu'on te doit,
Et dans le ciel des grands poètes,
Loin de nos rumeurs inquiètes,
Tu vas pouvoir, indiscuté,
Près de Milton et près du Tasse,
Ceint comme eux du laurier vivace,
Siéger dans l'immortalité !

Janvier 1881.

A PARIS

Des Presses de D. Jouaust

Imprimeur breveté

Rue Saint-Honoré, 338

www.ingramcontent.com/pod-product-compliance
Lightning Source LLC
Chambersburg PA
CBHW061730180626
46818CB00006B/2547